하룻밤
돌배나무
아래서
잤다

하룻밤
돌배나무
아래서
잤다

김남극 시집

문학동네

自序

나는 아직도 산속 풀 이름을 모른 채
먹는 것과 못 먹는 것으로 구분한다

나는 아직도 숲속 나무 이름 모른 채
어디에 쓰는지
결이 고운지 화력이 좋은지밖에 모른다

하여 나는 늘 초급이고
청맹과니이고
어설픈 손을 가진 돌팔이다

내게 상처받은 것들에게
내가 꺾어버린 것들에게
사과한다

미안하다, 미안하다
나를 무모하게 믿었던 것들아

차례

2부

3부

1부

산협(山峽)

지게를 진 아저씨가 오토바이를 타고 담배를 물고 뽀로롱 마가리*로 사라진다
오토바이를 타고 피울 수 있는 담배는 장미밖에 없다

챙이 넓은 모자에 수건을 동치고 세레스 적재함에 올라앉은 아주머니가 뭘 오물거리며 실려간다
세레스 적재함에서 먹을 수 있는 건 찰강냉이밖에 없다

JD트랙터 해가림 천막 속에서 버클리대 모자를 쓴 친구가 밭가에 트랙터를 세우고 커피를 마신다
밭가에서 마실 수 있는 건 정다방에서 배달된 커피밖에 없다

친구 몇이 솔모종거리에 모여 장미 담배를 물고 찰강냉이를 물어뜯으며 정다방 정양을 기다린다

* 마가리 : 골짜기 맨 끝. 영동 방언.

첫사랑은 곤드레 같은 것이어서

내게 첫사랑은
밥 속에 섞인 곤드레 같은 것이어서
데쳐져 한 계절 냉동실에서 묵었고
연초록색 다 빠지고
취나물인지 막나물인지 분간이 안 가는
곤드레 같은 것인데

첫사랑 여자네 옆 곤드레 밥집 뒷방에 앉아
나물 드문드문 섞인 밥에 막장을 비벼 먹으면서
첫사랑 여자네 어머니가 사는 집 마당을 넘겨보다가

한때 첫사랑은 곤드레 같은 것이어서
햇살도 한 평밖에 몸 닿지 못하는 참나무숲
새끼손가락만한 연초록 대궁에
솜털이 보송보송한, 까실까실한,
속은 비어 꺾으면 툭 하는 소리가
허튼 약속처럼 들리는
곤드레 같은 것인데

종아리가 희고 실했던
가슴이 크고 눈이 깊던 첫사랑 그 여자 얼굴을
사발에 비벼
목구멍에 밀어넣으면서
허기를 쫓으면서

내 정체성에 대해 고백함

말하자면 나는 원시인에 가깝다
산을 보면 산나물의 분포를 가늠하느라
위아래를 훑어보고 능선과 골을 가로지르는 식생대를 살펴보고 고도와 방위를 재어보고
봄이 오면 꼭 저 어디쯤 나물을 뜯으러 가보리라 다짐한다

또 나는 수렵인에 가깝다
정선 가는 길을 나서 여러 겹으로 허리를 접어 흐르는 오대천을 보면서
메기낚시 하기 좋은 곳과 족대로 퉁가리나 기름종개 잡을 곳을 생각하다가
자주 중앙선을 넘기도 하면서
모내기쯤이나 상강쯤 고기 잡으러 다닐 생각에 빠져
경건한 숲과 완고한 절벽을 보지 못한다

또 나는 원주민에 가까워서
골짜기 마가리까지 치뻗은 비탈밭이 묵는 걸 아쉬워하고
떠난 사람의 흔적도 지워져 추녀가 내려앉은 헌집을 건너

다보며
살던 이의 흰 고무신과 감자구박과 이가 빠진 밥그릇을 생각하다가도
뒤란에 핀 뚝감자꽃을 보며 꽃 지면 뚝감자 캐러 갈 산뜻한 기대에
몰래 즐거워하기도 한다

내가 원시인이고 수렵인이고 원주민인 건 분명한 일인데
요즘은 자꾸 화전민으로 변해가는 나를 보며 자주 놀란다
어디론가 가야 할 듯하고
새 사랑을 만나야 할 듯하고
새로 아이를 낳아야 할 듯하고 또
이 삐걱거리는 생활도 갈아끼워야 할 듯하다

구세약방

눈 흘깃하다 잡히면 불알을 깐다던 국민학교 적 아저씨가 보청기를 끼고 평상에 나앉았다

퀴퀴한 침침한 약방 안이 아저씨 흰 머리로 환하다

얼룩이 무늬가 된 약장엔 유통기한을 넘긴 약갑들 낫지 않는 관절염처럼 쌓였다

유통기한이 다 된 사람들만 들러 아픈 추억에 주사를 맞거나 심이 박힌 종기에 고약을 붙이기도 한다

익모초 짚신나물 개오갈피나무를 가마에 달이다 끈이 죽죽 달리면 꼬챙이로 쓱 찍어서 마음이 저린 사람들을 먹이기도 한다

그 아저씨 장수당으로 간판을 바꾸고 평상에 앉아 돌아가는 사람들의 저녁 실루엣에 안경테를 맞추고 오래 앉아 있다

숟가락이 잘 빠지지 않는다

문고리 잡아당겨 숟가락을 건다
숟가락이 밖으로 조금 휘었다
누군가 나를 불러낸 듯하다
뒤란에서 이슥하도록 서성거리던 바람이, 수군거리던 봄날 꽤나무꽃이, 소나기에 낙숫물 소리만큼 튀어오르던 마당흙이, 그 흙에 몸을 버리는 딸기들이
혹 오래된 첫사랑의 숨결이
뒤란에서 나를 불렀던 듯하다

이 숟가락을 문고리에서 뽑으면
한 남자 들어와 밥상을 놓고 돌나물김치를 후루룩 마시면
그 소리 속으로 마음을 탁 놓아버리면
숟가락이 식솔이 되는 스레트 지붕 아래에서
며칠 뒤척여보면 안다

숟가락이 문고리에서 잘 빠지지 않는다

도랑가 잣나무 생각

저 도랑가 잣나무는 억울했을 것이다
한 번쯤은 누구에겐가 기대고 싶었을 것이고
한 번쯤은 주저앉아 울고 싶었을 것이고
또 한 번쯤은 옆 밭에서 감자 캐는 여자와 바람이 나고도 싶었을 것이다

그런데도 저 도랑가 잣나무는
강한 듯해야 하고
의연한 듯해야 하고
늘 한 발씩 자란 증거를 보여야 하고
한 해 건너 잣꼬생이를 정수리에 달아야 하니

꼭 그래야 하나
그런 척해야 하나

문고리에 손이 쩍 달라붙는 겨울 아침
우물에서 올라온 지구 내부의 숨결을 하얗게 뒤집어쓴 잣나무를 생각한다

밤낮으로 생각한다

가벼워진 몸

발목을 째고 나사못을 박고 꿰맨 가운데에
가는 호스가 박혀 있다
죽은 피가 흘러나온 뒤
맬간 액이 나온다
저게 엑기스라는 걸 게다
몸속 엑기스
머리에 든 것 짜내고
몸속 쌓인 것 짜내고
마음에 맺힌 것 짜내고 남은
부패한 生의 고름인지도 모를 엑기스가
호스로 꾸역꾸역 나오니
얼굴 가린 간호사가 잠이 깨기 전 빼내간다
엑기스가 빠진 몸으로 한 달 만에 퇴원한다
휘청거리는 기울기만큼 몸이 가볍다
황홀하다

목줄

돼지 배를 가르고 목줄을 확 잡아당기면 갈매기살 두 근 붙은 내장이 통째 달려나온다

개 뱃복을 떼내고 식도를 확 잡아당기면 허파며 간이며 염통이며 콩팥까지 통째로 달려나온다

내 몸 어딘가 운명의 줄이 있어 음탕한 찌끼와 발칙한 욕망과 불편한 추억이 통째 붙어 있었으면

누군가 그 줄을 확 잡아당겨주었으면

머뭇거리며 서성거리며 쌓은 몸속 이 끔찍한 흔적들을 뽑아냈으면

층층나무 아래에서

층층나무도 꽃이 피고 열매를 맺는다고 하면
그 나무를 아는 사람들은 갸우뚱한다

나무는 다 꽃이 있고 열매가 있다
해마다 한 층씩 빌딩을 짓듯 자기 집을 짓는다
꽃과 열매가 그렇게 층이 올라간 증거다

나는 지금 잎이 다 진 층층나무 아래에 있다
올해 자란 가지와 이미 자란 가지의 색이 다르다
어두운 것과 밝은 것
경쾌한 것과 둔중한 것
여린 것과 꺼끌꺼끌한 것
그 사이가 지금이다

층층나무는 내년에도 한 층 더 자기의 빌딩을 세울 거다
63빌딩보다 웅대한 집을 지을 거다
몇 년이 걸릴지 나도 나무도 모르지만
아주 오래 빌딩을 계속 올리기만 할 거다

층층나무는 고목이 없다
자라기만 하기 때문이다
자라다가 문득 꽃과 열매를 다는 일이 지겨우면
하루아침에 콱 죽어버리기 때문이다
고목이 되어 천천히 늙어가는 법을 모르기 때문이다

층층나무처럼 어느 날 갑자기 콱 죽을 수 있다면
시나 한 편 제대로 써놓고

몸은 말을 이긴다

정선 동면을 지나면 하늘까지 뻗친 배추밭 사이로 사북 가는 길이 있다
말랑에서 비료포대를 탄 듯 내려달린 밭고랑이
잔뜩 힘을 주어 국수를 뽑듯 뽑아낸 푸른 무늬들이
무늬에 새겨진 압력의 흔적이
내 시선을 잡아챘다

우리는 워워 감탄하며 달렸다
더러는 인류의 개척정신을 찬미하고
더러는 오지인의 오기를 언급하고
배추흰나방의 습격과 뿌리썩음병에 대해
작업비와 운임과 가락동시장 경매꾼의 농간에 대해 이야기하다
입을 닫았다

마가리에서 오래 산 여자아이가
'약줄 잡을라믄 죽겄다'

몸이 말을 이겼다

해빙 무렵

홍정리 마가리 개울은 아직 얼음판이고
유포 금당산 아래로 흐르는 얼음강 가운데로 물길이 나면

매자는 들뜬 돌 속으로들 모여 지느러미를 살살 흔들며 몸을 풀겠다
탱바리는 땅돌 속에서 등지느러미 속 침을 벼리며 뒤척이겠다
괴리나 불괴리떼는 귀퉁이 두꺼운 얼음판 밑에서
물살 속으로 지느러미를 뻗어 온도를 재며 낄낄 웃겠다
뚜꾸뱅이는 퍽석 헤져 새 가족을 이루러 상류로 올라갈 꿈에 그 까만 눈을 깜박거리겠고
꺽지는 등지느러미 속 뼈를 바짝 세우며
건방지게 해빙의 물길을 가로지르는 참버들치떼를 노리며 섰겠고

개울가 바위에 올라가 물속을 노린다
물속에 고기가 없다

누구는 먹이를 노리고 누구는 흐름을 노리고
또 누구는 세상을 노린다
해빙 무렵엔

바퀴 있는 것은 슬프다

바퀴 있는 것들은 슬프다
어디론가 가야 하고
공기압보다 큰 짐을 실어야 하고
집 나서면 헝클어진 길을 찾아야 하니

굴뚝 모퉁이에 낡은 리어카
어둠에 바람이 빠졌다가
햇살로 바람을 바퀴에 빽빽 자아넣고
엉크런 바퀴살에 녹이 저승꽃처럼 피어도
이젠 더 싣고 갈 가게도 없는데
끌고 갈 사람도 없는데
쫓겨나고 싶지 않은
쫓겨나도 갈 곳 없는 천덕꾸러기처럼
오래 엎드려서
가끔 들여다보는 식솔들 뜨뜻한 시선으로 또
빽빽 바퀴에 바람을 잣고 있다

바퀴가 있으나 어디론가 가지 못하는 것들은

더 슬프다

은행나무꽃

밭가 은행나무 아래
새벽에 나가보니
눈물 같은 꽃 떨어져 있다

은행나무꽃 본 이 없다
밤에 꽃 피었다가
밤에 꽃 진다

누가 오지의 슬픔을 알랴
자정 넘어 혼자 울다
혼자 잠드니

돌배나무 아래에서

돌배나무꽃 떨어져 물살 속으로 떠가다 휘도는 물살 귀퉁이에 걸려 시들지 못하고 맴돈다
꽃 진 자리에 열세 살 여자아이 젖멍울만한 돌배가 달렸다
꽃잎이 떠내려온 물길을 따라 난 징검돌을 햇살이 건너뛰고 있다
오래
아주 오래 바라보니
돌배나무에서 술냄새 가득 풍긴다
취한다
산 그림자 넘어지는 소리처럼 물소리는 흘러간다
어두워지고
분별없이 커진 물소리에 더 취하여 돌아올 길 잃었다
그냥 하룻밤 돌배나무 아래에서 잤다

살구나무의 비밀

식목일엔 살구나무를 심겠다던 오래된 추억을
장날 약국 앞에서 사다 뒤란에 심고는
매일 들여다보고 만져보고 하였다

엉뚱한 미련처럼 순이 돋고
아슴한 기대처럼 꽃이 피고
지고
살구가 셋 달렸다
몸 어딘가가 자꾸 근질거리듯
장딴지부터 간질거리며 가시덤불이 올라가는 동안
그 연초록빛 다 허공에 빠지니
살구는 쪽이 돌았다
실핏줄이 엉겨 있어서
이놈이 왜 그리 금방 몸을 키우고 마음을 키우고
대서도 되기 전 낙하하는지
추락하는지
살구는 씨를 살에서 발려놓으며
하강하는지

알 것 같기도 하고 모를 것 같기도 한
살구나무 한 그루를 키우는 동안

살구 셋 떨어지고
살구 잎 우르르 떨어지고 나면
또 그 나무의 속살이 궁금해져
들여다보고 만져보고 하면서
살구나무 비밀을 혼자 만들고
또 혼자 풀고는 하였다

따뜻한 돌확

어느 날 앞집 마당에 돌확 하나 나앉았다
비 내린 다음날
다섯 대접은 돼 보이는 수면으로 철쭉꽃 일렁이고
구름이 제 깃털 슬쩍 떨구고 가기도 해
작은 구박만한 넓이에 세상을 담아놓아서
나는 살짝 들러 놀다 가기 좋았는데

어느 날 바가지만한 넓이를 들여다보니
무당개구리 두 마리 자못 진지하게 접붙어서
힘을 쓰면 그 작은 수면이 일렁거려
하늘에 주름이 지다가 팽팽해지기도 해서
오래된 연인의 속살이 보일 듯도 한데

진눈깨비 내린 다음날
실금이 핏줄 같은 얼음덩이가 들어앉아
배를 불리고 배꼽을 내밀고
칼금 긋듯 부는 바람 속을 내다보는 듯해
비행기 지난 자리가 조금 비칠 듯도 한데

돌확 근처를 서성이다 귀퉁이에 앉으니
천천히, 아주 천천히 궁둥이가 뜨뜨해진다
오래 놀다 간 꽃들의 훈김이거나
접붙어 용을 쓴 무당개구리의 교성(嬌聲)이거나
하루 종일 놀다 간 햇살의 체온이거나
오래된 통증일 텐데
오래 죽치고 그 기운을 다 받을 듯도 해서
그냥 앉아 마음만 채우네

대못

마들게 자란 상처는 흉터가 남는 법이라서
송진이 맺힌 상처는 붉디붉다
하는 수 없이 옹이에 대못을 박으려니
대못이 자꾸 구부러진다
중심으로 가는 길이란 게 늘
상처뿐이라

서까래 옹이에 박힌 대못은 빠지지 않는다
나무 속 결을 볼 줄 아는 사람이
세상의 중심을 보듯 박은 대못
못대가리에 빠루*를 겨우 걸고 각목 쪼가리를 대고 당기면
오래된 집을 떠나는 사람의 울음 같은 소리를 내며
겨우 빠진다
중심을 빠져나오는 길이란 건 늘
오래도록 쓸쓸하니

그 대못 휘었다
과거는 한쪽으로 늘 휘어서

한없이 아름답거나 아슴하거나
혹은 한없이 추잡하거나 마음이 아리기도 해서
오래 앉았던 자리에서 일어서면 다리가 휘청거리듯
연한 곡선을 그리고 있는데

그 자리에 녹이 묻었다
술 한잔 하면 상처가 얼굴보다 먼저 붉어지듯
시간이 산화한 흔적은 늘 부끄러워
또 오래된 대못 대가리에 빠루를 건다
걸어도 걸어도 걸리지 않는다

* 빠루 : 배척. 굵고 큰 못을 뽑는 연장.

가래 두 개

아이가 가래 두 개를 주워왔다
대야에 담가 불려 껍질을 벗기고
솔로 문질러 씻었다
들기름 찌꺼기를 먹여 윤을 냈다
장난감으로 쓰려나 했더니
지압용으로 쓰려나 했더니
책상에 모셔놓고 늘 경건하게 바라본다
그 까닭을 물으니

신기해서란다, 어떻게 나무에서 나무보다 단단한 열매가 달릴까

마당가 가래나무 잎 진 아래에 앉아
몸과 마음을 더듬거렸다

마음은 생각보다 단단하고
몸은 마음보다 더 단단하다

입추

잣나무 가지에
매미가 벗어놓은 몸
참 고단했겠다
몸속 진을 다 빼서 입었을 몸
참 잘도 빠져나갔다

나도
쏙
이 몸을 벗어놓고
잣나무 가운데 가지쯤에서
쏙
몸 벗어놓고
잣나무 가지 끝에서
휙
뛰어내렸으면

2부

겨울밤

며칠 내내 설해목 지는 소리가 문풍지를 울린다
그 소리의 길이로 겨울의 깊이를 재어보는 밤

연속극 줄거리를 따라 꿈이 일렁이는 식구들
싸락눈처럼 성겨 무를 깎아 먹는다
구박에 담긴 무
언 듯 만 듯
실핏줄 푸르다

입속에서 서걱이는 소리로 문밖 소리를 지우고
푸른 무대가리의 한기로 겨울바람을 재운다

오지에서 오래 겨울을 난 아버지
내장이 투명하다

과수원집을 찾아서

마당가에 사과나무 한 주 있다 했다

골 입구에서 오 리쯤 가면 큰 돌배나무가 하늘을 뭉텅 잘라내 돌배를 만들어 달고 술내를 풍기고 있다 했다

거기서 오른쪽으로 접어들면

애강만한 알이 후두둑 쏟아지는 토종 약밤나무가 나오고

산버드나무만 자리를 지키고 있는 우물터가 있다 했다

마당가에 들어서면 채송화 꽃잎이 떨어져 만든 무늬가 꽃밭을 푸르게 적신다 했다

뜨락에서 굴러내려온 햇볕이 댓돌에 부딪쳐 팡팡 터진다고 했다

쪠나무꽃 진 자리에 염주알 굴리듯 빨간 쪠가 늦뻐꾸기 소리에 맞추어 독경을 한다 했다

살결이 갈라터진 긴 다리로 뒷산 굴곡을 끌어내리는 청배나무 두 그루 있다 했다

그 청배나무 아래로 족제비 드나든다 했다

걸어서 찾아간 과수원집

사과나무 없고

어머니가 여물 구박을 들고 부엌문을 나서다
나를 낳는다
쿵, 바닥에 떨어진다

양귀비꽃 피는 집

정지문을 열면 그믐밤에도 뒤란이 환했다
작은 방축에 뜬 달 같은 양귀비꽃 때문이었다
잎을 뜯어 쌈 싸먹으면 마음이 환했다
아편의 혼곤한 힘으로 서울까지 공부하러 갈 수 있다고 믿었다

뒷집 아주머니 젖통만한 꽃이 지고 나면 내 불알만한 씨방이 나왔다
씨방이 여물어 터지면 무수한 씨가 바닥에 흩어졌다
불알 속에서 자라는 정자처럼 아웅다웅 싸우느라 얼굴이 붉다 못해 검어진 씨앗들

씨방을 뚝뚝 뜯어 마당에 널어 말리면 혼자서 툭툭 껍질이 터졌다
그 속에서 갓 태어난 남자아이 같은 씨가 쏟아져나왔다
몇은 몰래 변소 옆이나 뜨락 밑으로 숨었다가 봄이 오면 불쑥 잎이 돋았다

불알이 터질 만큼 여물 때쯤 양귀비꽃은 사라지고
나는 도시로 공부를 하러 떠났다

산목련꽃 핀 집

어두워진 마을 어귀에 들어서면 우리집이 희미하게 보였다
먼 하늘 별자리처럼 선 산목련나무 때문이었다
겨우 새어나온 방 안 형광등 불빛에 번쩍 몸 뒤집는 산목련나무 이파리 때문이었다
북쪽 하늘 밥알처럼 뜬 별을 닮은 산목련꽃 때문이었다
어귀까지 깔려 마음의 실끈을 잡아당기는 산목련꽃 향기 때문이었다

아침 숲에서 풀향기 자욱하게 도랑 건너 밭고랑 건너 마당까지 왔다
그 향기에 발이 푹푹 빠진다
통통한 이슬이 슬쩍 풀향기에서 몸을 빼내면 산목련꽃 한 송이 더 피었다

몸이 우주를 닮은 꽃이 들여다보는 풀물 든 마당
하늘에 향기를 풀어놓는 꽃이 들여다보는 군데군데 깨진 뜨락

뭉툭해진 꽃대로 쿡쿡 쑤셔보는 부엌 아궁이
부처 손 같은 이파리로 부채질하며 개죽을 쑤는 내걸이

궁궐 같은 몸도 못 만들고 시드는
산목련나무 밑에서
마음의 발목을 접질리다

따뜻한 집

신작로 가 함석 울타리
차가 지날 때마다 잉잉 운다
아이도 없는데
밥물 찌워내는 냄새 솔솔한
마당가
채송화 피었다
손이 곱은 아이처럼 오무렸다 폈다
아침 저녁 끼니때를 맞추는
내 나이보다 더 늙어도 꽃 피는
선인장 꽃
갈맷빛 화분에 넘친다
기우뚱거릴 듯 위험한 장작가리 위로 올라간
포도 넝쿨에
아이 젖꼭지만한 새끼들이 오종종 매달려
햇볕을 쬐고 있다

뒤뜰에는
고산지대에서 내려와 부끄러워 홍조가 온 얼굴에 핀

동자꽃
억센 아귀 힘에 보는 눈을 홀릴 듯 씨방만 남은
메발톱꽃
비비추꽃 곰취꽃 무잔대꽃
산발한 앞집 할머니처럼 피었다
섶을 안간힘으로 기어오른 줄콩
새끼들 달고 꼬리를 하늘로 뻗치고 섰다
건넌산 비알로
구름이 내려오고 비가 내려오고
안내가 내려왔다 올라가는지 보려고
더 높이 올라가
마을 입구에 오랜 걸음으로 자식들 들어서는지 보려고
한나절에 한 뼘씩 하늘로 오른다

오갈병 든 넝쿨에 달린 오이가
관절을 앓는지 불구가 되어 늙는다
흙터뿐인 문지방
문설주가 휜 장지문 열고 나온 할머니

장독대에서 묵은 고추장을 푼다
검은 빛 속에서 튀어나오는
선홍빛

햇볕은 용마루에 올랐다가 얼른 산을 넘어간다

홍송(紅松)을 찾아서

선산 산감으로 산 아버지와 두릅을 따러 나선 산길
막 목을 쳐드는 두릅을 따다 말고

아버지 적송이네요, 송진이 마음 속을 달궈 호박(琥珀)도 되고 복령(茯笭)도 되는 적송이네요

그건 홍송이다

어떻게 알아요

보면 알지, 네 나이쯤 먹으면 속이 썩어 마르며 크는, 몸 뒤틀리지 않는, 아무리 무거운 들보를 얹어도 끄떡 않는

봉숭아 꽃잎 같은 껍질이 각질 일듯 간질간질한 소나무를 가리키며 돌아보니
아버지는 없고 홍송 한 그루 서 있었다

추석 전날 밤

달은 꽃사과에 내려앉아 그 빛으로 발을 씻겠다
달은 마가목 열매에 대롱대롱 걸려 바람결에 쓰닥이겠다
달은 비닐하우스에 내려앉다 밀커덩 궁둥이가 까지며 미끄러지겠다
달은
닳아빠진 떡함지 귀퉁이에 앉았다가 들기름 빛에 흩어지겠다
흩어져 지시랑물 얕은 고랑에서 밤새 이슬과 섞이겠다

늦게 불 꺼진 방 안 어둠 속으로 얼굴을 쑥 들이민다
달도 진 어두운 개울을 건너다 자주 물소리에 울음을 버린 어른과
도랑가에서 놀다 앞산을 넘어온 달을 따 도랑물에 헹구어 꼬쟁이에 꿰어들고 들어온 아이들과
말라가는 줄콩잎만하게 몸을 웅크리고 마당가에 오줌을 누며 오줌발에 번뜩이는 달빛을 내려다보는 내가
곤히 잠들었다

이끼 낀 마당도 오늘은 넓고 환하다

집의 내력

위아래가 잘 맞아야 되는 거다
물푸레나무를 슥슥 깎아 탕탕 공이를 박아넣고
그놈 공이가 윗구멍에 척 맞아떨어져
오른쪽으로 슬슬 돌아가야 되는 거다
마른 강냉이를 타갤 땐 몸이 덜 달아
덜덜거리거나 써러럭 거친 소리를 내서
삭지 않은 강냉이쌀을 내뱉는 거고
잘 불은 두부콩을 갈 때면
몸은 적당히 달아올라
슥슥 스스슥 희멀건 콩물을 내뿜는 거다
콩을 다 갈고 나서 구박물을 훅 부으면
몸을 부르르 떨며 확 온몸의 물을 내뿜는 거다
그게 가장 이상적인 교접이다

문제는 잘 돌리는 거다
박자를 맞추어 힘을 골고루 주고
오래 견디는 거다
문제는 옴죽거리는 맷돌 입에다

적당히 마음을 쏟아붓는 거다
넘치면 막 차올라 속옷이 젖기도 하고
모자라면 빽빽해
맷돌이 닳기도 하는 거다

3세기를 살아온 맷돌이 마루 구석에 서 있다
이 집에서 난 2세기를 살았다
맷돌질하며 살았다

옥양목 한 필

이젠 따로 이불을 깔고 잠자리에 드는
아버지 어머니 사이같이
조금 벌어져버린, 잘 맞지 않는 장롱 문을 열면
옥양목 한 필
고운 명주보자기에 싸여 있다
고비를 넘던 아버지의 청춘 빛이 남은
생애 유일한 상품이 되어버린 옥양목 한 필
일 년에 한 번씩 일광욕하는 날
콩깍지를 벌리는 햇빛 속에 내어놓으니
햇살이 팅팅 튕겨난다
손끝에 마음을 모아 쓰다듬어보면
세월은 고운 결만 남기고 사라졌다

저 빛깔
언젠가 개울가에서 신발 한 짝을 잃어버리고
망연히 앉아 바라보던
그 물빛 같은
산란기 맞아 여울살로 오르는 피라미

그 섬광 같은 비늘빛 같은
저 빛깔
세월은 그 오랜 빛만 남기고 사라졌다
저 광택만 남기고

선인장꽃 핀 집

아버지는 동해안 종합병원으로 장기출타중이다

범퍼가 찌그러진 낡은 트럭과
찌그러진 냄비에 가득한 사료를 용케 나누어 먹는
잡종 진돗개가 지키는 빈집
미닫이 문고리에 세금고지서와 청첩장과
이젠 뚜껑을 열 수도 없는 핸드폰 요금고지서가
구겨진 채 문패처럼 집을 지킨다

함께 출타한 어머니
병원 보조침대도 넓은
등 굽어도 넓은 어머니가 키운 선인장
나만큼 나이 먹은 선인장
가을 가뭄에도 목마른 기색이 없다
물받이 아래에서 꽃 피었다
오종종 매달린 십오 촉 알전구 같은 꽃들
오무라들었다 피었다 몇 번이나 반복했는지
꽃 입구가 닳아 나풀거린다

첫서리가 내리고
겨울비가 추녀 끝을 들이쳐도
옥수수짚 마르고 몇은 쓰러져도
꽃은 참다가 참다가 피듯

아버지는 다시 집으로 돌아올 수 있을까

발

링거에 섞인 몰핀의 양으로
남은 시간을 아는 아버지
표백제 냄새만 남은 이불 밑으로
발이 쑥 나왔다
만져본다
싸늘하다
탱탱하게 부었다
엄지로 꾹 눌러본다
자국이 낙인으로 남았다

누구나 걸어다녔던 시절을 살아왔다 구절리에서 여량까지 늑골까지 차는 눈을 차며 걷기도 했고 수하에서 왕산 대기리까지 철쭉꽃 빛깔로 따라오는 처자를 데리고 걷기도 했고 번천에서 하장까지 조팝나무꽃 진 길로 땡볕에 밥이 그리운 처자식을 데리고 걷기도 했고 진부에서 나전까지 벼랑에 단풍처럼 꿈적거리고 타오르는 것들 달래고 쥐어박으며 동면을 준비하러 걷기도 했다

길의 흔적은 발바닥 두께로만 남아
목욕물에 불어 편마암처럼 일어나던 뒤꿈치가
조용하다
맬갛다
핏줄도 사그라들었다

세 달 땅을 떠난 발
하늘을 쳐다보며
하늘로 가기 전 쌓인 것 모두 돌려주려는지
뒤꿈치가 팽팽하다

힘을 주어 주무른다
탱탱하다
젊은 날 꿈처럼 탱탱해져 저 혼자
산골 집으로 돌아갈 꿈을 꾸고 있다

횡대(橫帶)

하관 후 덮을 횡대가 없었다

제재소 송전무가 기계톱으로 잣나무를 잘라내고 있었다

곡소리가 톱소리에 묻혀 있었다

말끔하게 결을 살려 만든 판대기가 횡대였다

생나무는 흙 속에서 아주 천천히 썩으므로 주검이 편하게 썩는다

죽음이 편해지는 순간이다

횡대를 덮고 회다지를 하는 동안 망자는 어디 있을까

잣나무 가지 끝에 오종종 달린 잣꼬생이들처럼 다정하게 먼저 온 영혼들과 속닥거리겠다

다시 횡대가 될 잣나무 가지 끝에서 상꾼들을 내려다보겠다

'평토'하니 '평토' 따라 하고 조용조용 술을 받겠다

삼우제

초우에는 엎드려 잤다
재우에는 칼잠을 잤다
꿈에 아버지는 오지 않았다
어스름 속으로 기침 소리가 먼저 문을 열더니
잠잠했다
감감했다

삼우 아침
장례식 뒤 남은 식은 밥처럼 산소에 간다
손 씻고 상복을 벗는다
행전을 벗고 건을 벗는다
상복을 태운다
이불 홑청 구기면 아이 주먹보다 작아지는 속옷
환갑 기념 구두

죽장을 불에 넣고 돌아서서
소원처럼 선산 산감(山監)이 된 아버지를 본다
늦가을 햇살의 무게처럼 손자들이 팔딱인다

마음이 일렁거려 다시 일어나고 싶을지도 모를
아버지

등뒤에서 죽장이 펑
펑 터진다
소리가 능선 타고 산정(山頂)으로 휙 치달린다
비행기가 날아간 자리까지 올라간다
아버지도 올라간다
마음을 내려놓고 싶은 어머니
놀라지도 않고 불을 쑤석거리고 섰다

해가 기울고 있다

퇴침(退枕)

태우지 못한 퇴침이 아버지의 유일한 유품으로 남았다

달그락 달그락
장롱에서 이불이나 베개를 들출 때마다 구석에서
가볍게 발길질하는 소리가 굴러나왔다
광목천에 모란꽃 수
세월은 암술과 수술의 꽃가루를 털어버려
꽃 속에 든 나비는 어설프게 날개를 휘젓고 있다

아버지는 퇴침 속 살구씨였을 것이다
깊이를 잴 수 없는 골짜기 끝에서 자식 없는 임종을 맞고
그 골짜기 능선 끝에서 산을 지키고 있으니
아버지는 살구씨이거나 혹은
꽃 속에 든 나비인지도 모른다
꽃가루 없는 모란꽃 몇 송이 사이를 오가며
여물지 못하는 씨방이 떨어지는 모습을
오래 바라보기도 했을 것이다

퇴침을 아궁이에 넣었다
아버지에게 말을 건네도 대답이 없다
잘 가라고, 가볍게, 이젠 그만

마른 물푸레나무 한 묶음

비만 오면 물이 새는
아버지의 헛간에서
오래된 농구 뒤적이다 만난
마른 물푸레나무 한 묶음
산골 물소리 지나친 지 오래된 물관 말라버려
껍질이 몸 되어버린 작대기들
추억이 청춘보다 긴 이놈들
가련한 생들 아니랴
한때 도끼자루나 괭이자루 되어
세상 가르고 뒤집을 포부에
잘린 옹이를 부르르 떨며
물기 빠지는 동안
오래도록 빠지지 않는 자루가 되려고
제 몸 굽지 않으려 안간힘을 썼으리라
청춘은 짧고 그 향기는 오래 피어오르는 법
제 몸 위에 낡은 농구 쌓이고
수입목이 제 자리를 차지하여도
어느 날 내 뼈가 세상을 떠받치리라

황망한 날들 속에서 꽁꽁 몸 닫아 더 단단해진
그 오랜 물푸레나무 한 묶음
마당가에 꺼내놓으니
앙상한 짐승 같아
다시 묶어 뒤뜰로 옮기는 내 허벅지가
휘청거린다

제삿날 저녁

때 늦은 콩을 털었다
시루에 찹쌀이 쓸쓸하게 익는다
오래 익는다
이십 촉 형광등이 혼자 상을 차리고
목기 접시 몇은 이가 빠졌다
첨잔도 잊고
독축도 쓸쓸했다
마음을 읽는다는 것은
혼자 돌아가는 먼 집 같은 것
마당에 들어서지 못하는 달빛 같은 것
저기 멀리 날아가라고 축문을 태우고
나는 자꾸 문밖이 궁금해졌다
아버지는 다녀가셨을까
이가 안 맞는 새시 문을 열어두었다
댓돌에 신발도 치웠다
마당에 불을 켜두었다
도둑고양이나 들쥐들이 들락거리는 마당
콩깍지와 깻짚이 스석거리는 마당

너무 오래 머물렀다는 듯
슬쩍 자리를 뜨는 나무 그림자
그저 고요가 고요가 된 마당으로
별이 몇 내려앉는가
별이 몇 하늘로 돌아가는가

그 구멍의 깊이가 궁금하다

아이들이 청설모처럼 폴짝폴짝 산으로 오르는 추석날

소원대로 영원히 선산 산감이 된 아버지 산소에 갔다

봉분 한가운데 쇠말뚝만한 구멍이 하나 나 있다

어머니는 아버지가 뱀띠라, 그것도 독사띠라 마사토에 못 살고 나와 돌각담으로 갔을 거라 했고

당숙은 생전에 온 산 다 돌아다니며 산짐승을 잡아댔으니 짐승들이 아버지의 뼈를 파내갔을 거라 했고

철없는 조카는 두더지나 들쥐의 집일 거라며 꼬쟁이로 구멍을 들쑤셨다

나는 그 구멍으로 아버지의 영혼이 빠져나와 저 건너 능선을 채운 잣나무숲이나 낙엽송숲에 숨어

위태로운 세상을 맨발로 걷는 자식들과

위험한 세상을 더듬거리며 헤엄쳐야 할 손자들을

애타게 건너다보고 내려다보곤 한다고 생각했다

윤달이나 한식에 그 구멍을 파보고 메우기로 했는데

몇 달이 지나도 나는 자꾸 그 구멍의 깊이가 궁금해지는
것이다

지구의 어느 중심까지 길이 나 있을 것 같기도 하고

서울 지하철 어느 역까지 이어져 있을 듯도 하고

지금도 계속 그 구멍이 더 깊어지고 있을 듯도 하고

아버지의 근황이 또 궁금하기도 하고

아버지와 소파

아랫목에 개놓은 솜이불처럼 앉았던 아버지가
산감이 된 지 몇 해 지나고
그 자리에 소파 하나 들어앉았다

죽음이란 늘
오래된 나무 구박이 한순간 실수로 금이 가듯
삼대를 걸친 고추장 단지 손잡이가 한순간에 툭 떨어지듯
맷돌 손잡이가 갑자기 빠지듯
추억의 자장을 휙 벗어나는 것이련만

아버지가 된 소파에 앉지 못해
방바닥에 궁둥이를 붙이고
다리를 세우고 조심조심 소파에 기대다가
그 소파가 슬쩍 뒤로 밀리면 움찔 놀라
돌아보고 안도하고 또 돌아보곤 하는데

소파를 옮기다가 본 다리의 흔적
고급 모노륨에 찍힌 상처

오래 지나도 복원되지 않는 그 음각이
자정 지나 먼 가로등 불빛에도 언뜻언뜻 보인다

찰떡 같은 사람

찹쌀이 시루에서 맬개지듯
안반에서 이겨지듯
뼈와 살이 들이붙어서
서로 용서하고 화해하고 껴안듯

찰떡처럼 자신을 짓이긴 사람이
무자비하게 자기를 치댄 사람이
저기 그냥 앉아 있다

마치 냉동실에서 꺼낸 찰떡이 천천히
아주 천천히 물러지고 질겨지듯
조금 목멘 목구멍에 걸릴 듯 말 듯

미운 사람 용서하는 시간만큼
아주 조심스럽게 고개를 넘고
개울을 건너듯

화로 위 석쇠에서 언 찰떡이 부풀듯

피식피식 뜨거운 김이 빠지듯
자꾸 비웃듯
몸이 마음을 떠난 사람이 앉아
찰떡을 뒤집는다

오래된 우물을 치네

무당개구리가 사체검안한 변사체처럼 떠 있는 우물
삵이나 오소리 울음 같은 무당개구리 울음이 새벽잠을 깨우는 우물
물컹한 알이 보글보글 솟는 샘물에 그 실핏줄을 씻고 있는 우물
그 물을 평생 먹고 살던 노인네가 서울로 간 지 일 년 반

나는 쓸쓸하게 우물을 치네
개두릅 가지 끝에 애들 자지만 한 두릅이 돋은 후
그 가시가 바짝 서기 시작할 무렵
로터리 친 골에 이른 옥수수와 콩을 심다가
깨진 바가지로 물을 마시다 말고
갈증보다 그리움에 목이 더 타는데

기약 없는 약속처럼 우물은 흐려졌다가
샘이 낸 길로 흙물 몰려 내려가면
개구리 알 개구리 되어 진펄로 살러 떠나면
노인네 혼자 걸어서 닿을 어귀에 나가 해가 질 때까지

오래 기다리리라 생각하며
나는 우물을 치고 또 치네

이명(耳鳴), 이 명(命)

갑자기 귀가 멀어버린 어머니와 병원을 다녀오는 길

"이명은 돌발난청으로 치료가 불가합니다"

구멍이 뻥 뚫린 고막을 화면으로 보고 진찰실 문을 나서면서 슬쩍 어머니를 보니
귀가 머니 눈도 멀고 마음도 먼 늙은 나귀 같다

말이 소용없는 대관령을 넘다나니
"이젠 이 명이 다 됐나봐,
죽을 일이 큰일이다"

나는 살 일이 큰일인데
죽을 일이 큰일인 어머니를 빈집에 내려놓고 돌아서니
내 귀가 먹먹하다
윙윙거린다

3
부

싸리꽃

뒷산 산길 넘어가니 횃댓보 펼친 듯 싸리밭이다
싸리꽃 한창이다
어찌 보면 올망졸망한 새끼들 단 여윈 어미 같아
산자락 끝에 어둠이 걸리기만 해도 대궁이 흔들거리고
또 어찌 보면 젖멍울 만져질 듯한 계집애 같기도 하여
이파리 헤치면 분홍 속살이 살짝 비치기도 한다

저 꽃들 한 삼 년 피었다 지면
마을길에 널린 사나운 생각 쓸어낼 빗자루를 맬 수 있을 것 같기도 하고
마음에 청태가 낀 아이들 불러모아 개울가로 몰고 갈 회초리가 될 것 같기도 하여

오래 서서 싸리꽃 바라보다가
또 한참씩 오르내리며 싸리밭을 뒤적거린다
꽃잎이 무성하여 가렸던 오래된 길 보인다
그 길로 싸리 한 짐 지고 내려오니 날이 저문다

봄, 뒤란에 앉아

뒤란에 앉아
저녁녘
미리 나온 눈썹달을 보다가
나물 삶는 어머니
굽은 허리 기울기만큼 어찔하는
집 기둥을 보다가
나물 가마 바닥에 쌓인 녹 긁는
주걱소리 듣다가
녹슨 가계 잔금들이 엉켜
두런거리는 소리 듣다가
다시 쳐다보니
눈썹달 어두워오는 하늘로 들어가지 못해
자꾸 엄나무 가지 끝에 서성거린다
나물 건지는 조리에서 쪼르르 쪼르르
늦봄 풀잎 엽록소 떨어지는 소리
탁탁
장작 살결 갈라지는 소리
사그락 사그락 숯불 사그라드는 소리

듣다가
언뜻 보이는 어머니
부은 발등

봄날 · 1

햇살 깔깔대며 양철지붕을 구르는 봄날
할머니들 식은밥덩이처럼 모여앉아 감자눈 딴다
건네는 말소리에선 가끔
지난 겨울 강가 얼음이 천둥처럼 갈라지던 소리들
연일 내리던 눈발이 뒤란을 서성이던 소리들
솔가지 위 눈덩이 사소한 바람에 쏟아지듯
수화기에서 쏟아지던 자식들 물기 묻은 목소리들
비명 길게 끌며 골짜기 끝을 지나 산으로 치달리던
설해목 쓰러지는 소리들, 그렇게 마른 별처럼 진 노인네들 요령소리
이따금 황사 따라 감감하면서 가슴 막히게
두런두런

초승달 양철지붕에 내려앉는 소리 속에서
감자 씨눈 트는 소리
잔설 그림자 기웃거리는 개울물 소리 속에서
피라미 지느러미 터는 소리
소리가 소리를 끌고

또 소리를 끌고

봄날 · 2

간장 냄새에 발이 푹 빠지는
장독대 뒤
꽤나무꽃 피었다
살결이 쉽게 짓물러
미간을 스치는 바람에도 떨어져
막 잎 내미는 무잔대
잰 손 속으로 포갰다
댓돌에 앉아
단지를 열고 고추장을 푸는 어머니
근육도 말라붙은 종아리를 보다가
청춘의 향기와 빛깔이 뒤란 가득
술렁이던 시절과
한순간 지는 꽃잎 따라
울컥 울음이 나던 시절을 생각하다가
집 안에 들어와
오래된 횃댓보를 펼쳤다
매화나무는 근육질인데
꽃은 엉성하고

그 위에
어설픈 꾀꼬리 한 마리
가래 섞인 울음소리 들린다
다시 결 따라 접어놓고
엉덩이가 시린 방바닥에 누웠다
이젠 산감이 된 사진 속 아버지
웃을 듯 말 듯 나를 내려다보고 있다

봄 햇살은 마당가에서 낄낄거리며 자기들끼리 놀다가
스레트 지붕 위로 올라간다
어둠이 문지방에 들었다
꽤나무꽃 밤새 꿈속에서
횃댓보 가지런한 수 속으로 진다
수마다 보풀 인다
마음을 건너 어머니에게로 가는
보풀 이는 수 자국들

봄밤

보풀 이는 이불 홑청처럼
달은
떠서
가만히 내려다보는
마당엔
엄나무 가시가 한창
새순으로 물 길어올린다
탁상시계 소리 따라
달은
반 박자씩 가다가
엄나무 가시에 걸려
안간힘 쓴다
다시 돌아갈 수 없으니
헤어날 수 없는
달은
밤새 낑낑거리다가
상처가 덧나
더 크게 몸 불렸다가

동산이 훤해질 때 겨우 풀려나
서쪽으로 간다

속이 궁근 나무 같은 몸이

울음이 궁근 나무가
뒷산에서 밤새 잉잉 운다
자작나무다
듣는 내 마음이 궁글어서 그럴 것이다
세상이 나를 치대고 두들겨 바람을 넣었다
붓기도 하고 트기도 한 몸을 이끌고
산말랑 여기까지 와 서니
몸은 속이 궁근 소나무 같아서
누가 던진 한마디에도 잉잉 운다
잘린 가지에 내비치는 송진처럼
눈물이 난다
눈물은 하얀 결정이었다가
모질게 뭉쳤다가
호박(琥珀)도 되고 복령(茯苓)도 되는 동안
몸은 또 자질구레한 소리에도 웅웅 운다
울음이 이 산말랑까지 달리면
내 몸은 비어간다
비니 가볍다

만세다, 만세

진이 다 빠졌네

먼 섬에서 태어난 시인이 자정 넘어 전화를 했다

'집 한 채 지으니 진이 다 빠졌어, 진이'

청춘이 하구로 빠져나간 봉평 개울가에 앉아
틈과 호흡과 스닥거림과 벅적거림에 대해 생각하다가
발 밑 민들레와 왕꼬들빼기를 쥐어뜯다가
단면에 비친 하얀 진, 누래지는 진을 보고는

먼 산속 꽃대가 올라올 모시잔대와
울음이 깊은 종 모양 꽃이 대롱대롱 매달릴 산더덕 순과
그 옆 남사스럽다는 듯 몰래 꽃망울 다는 만삼을 생각하다가
그 낡은 순 속에 꽉 찼을 진을 생각하다가

그렇게 늙을수록 마음에 진이 꽉 차는
후두둑 이른 서리에 잎 지면 도로 뿌리로 내려가 겨울을 날
세상의 서글픈 것들을 생각하다가

날이 저무네

잠깐 오는 비

더덕 잎 부스럭거리는 소리가 났다
잠깐 더덕 냄새가 뜨락까지 닿았다가 사라졌는지
낙숫물 떨어지는 곳에도 냄새가 난다
나팔꽃 나팔 소리 멈추고 입을 닫았다
잠자리 날아간 바지랑대 끝
소매는 소매끼리 가랭이는 가랭이끼리 빨랫줄에서
턱턱 살결 없는 살 부딪는 소리가 난다
빨래 걷는 앞집 할머니 신발 끄는 소리 따라
앞산에서 콩새가 잠깐 울었다

고추장 단지를 덮으러 간 장독대
패각을 질질 끌고 배춧잎에 붙어선 달팽이
줄기 속 섬유질을 삭삭 갉아먹는 소리가 들리다가
후두둑 빗소리에 잠겼다
이 오지의 생활을 패각처럼 뒤집어쓰고 방바닥에 엎드려
양철지붕에 튕기는 빗소리 듣는다
패각에 구멍이나 안 날는지
안달하며

안달하며

여름과 가을 사이

큰물이 난 뒤 잡은 고기는 마른 만큼 흙내가 없다

개울가 자갈밭 옥수수골 속으로 으슥한 바람 들락거리면
옥수수알들 이를 악물고 단단해졌다

한낮에만 잠깐 햇살이 닿는 비탈밭에선
어디까지 가려는지 콩알이 탁탁 멀리뛰기를 한다

해 저물기 전 냇가에 매어둔 염소젖이 불었다

불씨가 사그러든 잿더미에 묻어둔 햇감자가
껍질이 타지 않고 뜨겁고 깊게 익었다

마당가 꽃사과는 그믐달빛에도 붉다

문 열어놓고 별빛 속에서 똥을 누다
아무렇게나 신고 나온 해진 운동화 속
발가락 사이로 드는 찬바람에 턱을 떤다

꽈리 속을 나온 노래가 여운을 남기지 못한다

상강 무렵

고개를 오를 때는 옴죽거리는 안개가 길가에 늘어서서
복사뼈께가 간질거렸다
고갯마루에 오르니 길이 확 열렸다
마구 치댄 걸레 같은 낙엽들이 배수로로 쫓겨나 오종종 모여
새벽에 내린 서리를 걷어내려
등짝을 햇살 쪽으로 굽혀 둘둘 말고 엎드렸다
고갯마루를 내려오니
배추와 알타리무가 백발이 창창한 노인들처럼 일렬로 줄을 맞춰 서서
산마루까지 온 겨울 빛을 걷어내려 낑낑대며
박자 맞추어 가을을 오래도록 끌고 가고 있다
밭고랑에 남은 끌려간 가을 흔적이 서리에 덮여
그 굴곡만 남았다
길가 구절초 쑥부쟁이는 씩씩하게 여전히
종일 몇 안 되는 행인의 체온이라도 붙잡아 배를 덮었는지
뽀송뽀송한 꽃잎들이 탱탱하다

꽃 쑥쑥 구불구불 핀 길로 할머니 동네 잔치 보러 가는지
이마가 허리보다 낮아 삼배하는 보살처럼 길을 나섰다
오래된 옥양목빛 소매가 잠깐 반짝한다

해가 중천에 올랐다

낙과

툭
툭
몸 밖으로 나서는 생각의 결보다 곱게 밤새 능금은 떨어지고 있다
어디 미련에 박자가 있으랴
빠른 듯 느리게 느린 듯 빠르게 문밖을 서성이는
툭
툭
스스로 제 생 닫는 소리

떨어진 능금을 주워보면 벌레가 든 상처가 아프다
이 작은 세상 속에서 벌레는 얼마나 몸집 불렸을까
몸이 무거워지면 곧 생의 문짝을 닫아야 할 텐데

욕심이 하염없어 명을 재촉하는 날들 속에서
툭
툭
벌레가 마음을 삼키는 뒤뜰에 서서

10월 말 봉평

깊은 우물 같은 하늘 아래
메밀꽃 진 자리
메밀단 가랑이 빠져나가는 바람
저녁 햇빛에 몸 말리고 있다
스적 스적
낙엽송 잎 낙엽 들어
황금 바늘
구절초 꽃잎 찌른다
아프다고
아리다고
메밀꽃 진 자리
손톱으로 누르니
젖 나온다
멍울진 자리가 아픈 개울
금세 메밀밭에 드는
눈썹달

국화가 피는 이유

분(盆)이 가득해 분(分)에 넘치는 국화가
주목 아래서 꽃 피고 있다
대궁을 뒤지니 그 속에도
또 분(盆) 밖에도
주목 열매 떨어져 있어
주워보니
씨를 악물은 입술 섹시하다
누군가를 불러내 몰래 부끄러운 곳을 만지고
주무르다가 손을 쏙 빼고 싶은
그 은밀한 입술로 물고 있는 주목 열매가
선운사 뒤란에 떨어진 동백꽃처럼
첫사랑처럼
붉디붉게 낭자하다
그래서 국화는 꽃 핀다
입술 속 씨가 싹이 나려면
이태는 지나야 하므로
여린 입술이 사랑을 이루려면
몇 년을 기다려야 하므로

그 부끄러운 기다림을
가려주느라
국화는 봇물 넘치는 도랑처럼 꽃 핀다

순교하는 자작나무

물이 오르기 전 자작나무를 잘라
방구석에 세워두면
곱게곱게 마르면서
실핏줄 터진 듯 껍질이 일다가
군데군데 유색인종 같은 속살도 보이다가
아직 할 말이 있다는 듯
드문드문 순이 핀다
잎으로 피려다 그만두고
전력을 다한 듯
한 달쯤 순으로만 버틴다
최소한이 최대한인
자작나무를 들여놓고
연초록색 빠진 앞산을 본다
그 속에 자꾸 들어가본다

저녁 강가에서

투사하는 햇빛에 비늘을 닦고 있는 물고기들
물 위로 뛰어오르듯
그 물 위로 소금쟁이 발자국 길게 원을 그리다가
물결에 찌그러지듯
사람들 다리를 건너오는 것이다
그러면
물빛은 아주 오래 강을 건너오고 있는 것이다
햇빛은 아주 오래 강을 건너가고 있는 것이다
돌아보면 가까워지고
다시 또 멀어져서
그대가 내게로 오고가는 일처럼
볼 부비다 돌아서는 일처럼

들깨를 털면서

너를 여물게 하는 건 햇살인지도 모른다
흰 낱이 톡톡 쏟아지는 대궁이 햇살 속에서 익는다

너의 무게를 달 수 있는 저울은 바람인지도 모른다
잘 익은 놈부터 후두둑 쏟아지고
쓸모 없는 놈들은 멀리 날아간다

네가 외롭지 않게 잠들 수 있는 곳은
빈 자루인지도 모른다
쓸어담으니 불룩해져서 그 안에 올망졸망 뭉쳤다

삶의 경계를 벗어나려는 나는
벌레인지도 모른다
통통한 팔망아지 같은 것들
필사적으로 기어나온다

벌레들 툭툭 털고
짓밟는다

톡톡 장화 밑에서 터져 죽는 소리가
깻글거리만 가득한 밭머리로 번진다

오대산 기행

일주문 지나
전나무숲에 버렸다

상원사까지 걷기로 했다
개울은 동안거에 든 지 오랜데
살아 있다고
가끔 숨구멍에서 허연 입김이 오른다
능선을 오르다 숨을 고르는 듯 선 나무들
겨울에도 자라는지
갈비뼈 같은 나이테가 눈 위에 찍혔다

비로봉 관목숲
하늘 무서운지 알아 더 자라지 못한 나무들
바람이 무수히 목을 쳐도 엎드렸다

관목숲에 버렸다

월정사까지 덜컹거리는 버스를 탔다

흔들거리는 고개, 끄덕거리는 고개
잠잠해지는 숨결
질펀하게 녹는 몸

전나무숲을 나오며 다시 주웠다
일주문을 나섰다

겨울 산

참나무나 박달나무 고로쇠나무에 핀 눈꽃을 보러 산정(山頂)에서 내려온 얼음 기둥을 몇 번이나 어찔하게 건너는 일이나

시큰거리고 떨꺽거리는 무릎까지 차는 응달눈을 산죽 잡고 몸 끌어 휘휘 헤치는 일이나

헉헉 숨을 짐승처럼 토하며 겨우내 달은 속을 게워내는 정상 부근 샘물둥지에서 언 손으로 물 한 모금 떠먹고 손을 비비는 일이나

구렁이가 천천히 허물 벗고 서울로 빠져나가 흰 껍질만 남은 듯 허허로운 산맥 정상에서 낮에도 잠만 자는 마을을 아련히 내려다보는 일이나

오랜 습관처럼 오랜 슬픔처럼 눈꽃을 손으로 녹여 가지에서 동면하는 꽃눈을 찾는 일처럼

고단한 몸에
고단한 마음

11월

거친 사포 같은 가을이 와서
슥슥 내 감각을 갈아놓고 갔다
사포의 표면이 억센 만큼
갈린 면에 보풀이 일었다
그 보풀이 가랭이를 서늘하게 만드는 바람에
스닥일 때마다
몸속에서 쇳소리가 났다
내가 서걱거리면
몸속에 든 쇠종이 윙윙거렸다
몸이 통째로 울림통이 되고
사지를 벗어난 소리가 먼 산 나무를 흔드는
11월
갈린 감각에 날이 서길 기다리며
마을 어귀에 오래 서 있었다

도깨비 바늘

기다려도 끝내 눈 내리지 않는
이 겨울 작은 산행 뒤
풀씨 하나 가랑이에 붙어
집 안에 들었다
손톱 끝에 힘을 주어 뜯어내도
풀씨는 온몸으로 버틴다
난 막무가내다
언뜻 보기엔 이놈이
무단 가택침입 같지만
사실 안 그런가
파랗게 새순 피워올려
뿌리 내리고
달밤에 환한 꽃 피울
그 풀씨들
괄시할 수 있나, 자네
사랑도 그러한데

열목어

본 적 없는 놈도 본 척한다
보아도 자세히 본 놈 드물다
보지도 못하고 아는 척
사랑하지도 않으면서
사랑하는 척

휙
앞을 지나갔다
그게 열목어다
사랑도 지나간다
몸 뒤척일 새 없이
가난할 새 없이
돌아볼 새 없이

돌아보면 거기엔
물살만 있다
점박이 지느러미가 남긴
물비늘만 있다

| 해설 |

오지의 슬픔, 그 기원과 내력

유성호(문학평론가, 한양대 교수)

누가 오지의 슬픔을 알랴
자정 넘어 혼자 울다
혼자 잠드니
—「은행나무꽃」 중에서

1

김남극의 첫 시집 『하룻밤 돌배나무 아래서 잤다』는, 오지에서 경험한 시간의 생태학을 섬세하고도 깊은 기억의 작용을 통해 보여주는 이채로운 성과이다. 김남극 시학의 바탕을 이루고 있는 것은, 저 식민지 시대의 백석으로부터 신경림, 안도현, 장석남, 문태준으로 이어지는 우리 시사의 음역(音域), 이를테면 가난의 시적 재현과 근대적인 것에 대한 근원적 성찰의 속성이다. 거기서 한발 더 나아가 그의 시는, 우리가 온 생을 다해 감당해야만 하는 시간의 형식에 대한 수용과 견인의 태도를 확연하게 보여준다. 그만큼 김남극 시편들은, 우리 시대의 주변부 풍경을 선명하게 재현하면서도, 근대의 정점에서 우리가 잃고 사는 근원적 가치들에 대해 깊이 사유하는 힘을 가지고 있다.

한마디로 '오지의 시학'이라 명명할 수 있을 만큼 철저하게 도회인의 어법과 소재를 등지고 있는 그의 시세계는, 그 오지에서 겪으면서 길어올린 '슬픔'의 정서로 촘촘하게 짜여져 있다. 그런 만큼 시집을 접한 이들은 그의 시편들이 오래도록 씌어지고 고쳐지고 다시 씌어진, 그래서 한없이 묵혔다가 발화된 언어적 실체임을 어렵지 않게 알게 된다. 그만큼 우리는 그의 시를 두고 속도감 있는 일독보다는 오랜 시간 한 편 한 편 몸으로 받아들이는 독법을 택하게 된다. 이제 그 오지의 슬픔이 발원하고 펼쳐져간 기원과 내력을 들여다보자.

2

시인은 「내 정체성에 대해 고백함」이라는 시편에서 자신을 '원시인/수렵인/원주민'에 가까운 형상으로 고백하고 있다. 이들은 제각각 독립적 기표인 것처럼 보이지만, 실은 시인 스스로 견지하고 있는 외곽성과 주변성을 호명하는 유의적(類義的) 명칭들일 뿐이다. 이처럼 근대적인 것과 철저하게 대척적인 존재로 살아가는 그가 이제 '화전민'의 삶을 택하려고 한다. 그의 말에 의하면 "이 삐걱거리는 생활도 갈아끼워야 할 듯"하기 때문이다. 하지만 그 새로운 생활이 그렇게 쉽게 가능할 것 같지는 않아 보인다. 왜냐하면 그가 자발적으로 청해들인 오지의 꿈이 "삐걱거리는 생활"을 가져다주었을지라도, 그 꿈은 그의 말대로 양도할 수 없는 그의 '정체성'을 형성하고 있기 때문이다. 이처럼 그의 근원을 형성하고 삶의 내력을 구성해간 오지의 꿈은, 과거의 기억 속에만 있는 것이 아니라 지금도 우리 시대를 감싸고 있는 현재형으로 그의 시에 나타난다. 시집 첫머리에 실려 있는 다음 시편은 그 주변부 풍경의 현재형을 확연한 경험적 실감으로 보여주는 실례이다.

지게를 진 아저씨가 오토바이를 타고 담배를 물고 뽀로롱 마가리로 사라진다
오토바이를 타고 피울 수 있는 담배는 장미밖에 없다

챙이 넓은 모자에 수건을 동치고 세레스 적재함에 올라앉은 아주머니가 뭘 오물거리며 실려간다
세레스 적재함에서 먹을 수 있는 건 찰강냉이밖에 없다

JD트랙터 해가림 천막 속에서 버클리대 모자를 쓴 친구가 밭가에 트랙터를 세우고 커피를 마신다

밭가에서 마실 수 있는 건 정다방에서 배달된 커피밖에 없다

친구 몇이 솔모종거리에 모여 장미 담배를 물고 찰강냉이를 물어뜯으며 정다방 정양을 기다린다

—「산협山峽」 전문

'산협(山峽)'은 시인의 고향인 봉평 출신 작가 이효석의 단편 제목이기도 하다. 식민지 근대 도시를 등지고 고향에 돌아와 「메밀꽃 필 무렵」 「산협山峽」 「들」을 썼던 후기 이효석은, 거기서 슬프도록 고요한 산골 풍경을 사실적으로 재현한 바 있다. 이 시편은 이효석 「산협山峽」의 시적 전이체로 보일 정도로 선명한 산협 풍경을 그려 보여주고 있다. 물론 이 안에는 특별하게 눈을 붙들어매는 사건이랄 것이 없다. 고요한 풍경 속에 몇몇 사람들이 나타났다 사라지곤 할 뿐이다. 가령 한 아저씨가 오토바이를 타고 장미 담배를 피우며 마가리로 사라져가는데, 여기서 우리는 '마가리'라는 기표에 눈을 멈추게 된다. '마가리'는 우리가 백석 시편 「나와 나타샤와 흰 당나귀」에서 실감 있게 경험한 어휘이다. 백석은 "나타샤와 나는/눈이 푹푹 쌓이는 밤 흰 당나귀 타고/산골로 가자 출출이 우는 깊은 산골로 가 마가리에 살자"라고 노래함으로써, 오막살이를 뜻하는 '마가리'를 우리의 뇌리 속에 선명한 시어로 남겨놓았다. 김남극은 자신의 여러 시편에서 "마가리에

서 오래 산 여자아이"(「몸은 말을 이긴다」)를 관찰하고 "홍정리 마가리 개울"(「해빙 무렵」)이나 "마가리까지 치뻗은 비탈밭"(「내 정체성에 대해 고백함」)을 묘사하고 있는데, 이때 '마가리'는 근대적 풍경이나 가치가 전혀 틈입하지 않은 상징적 공간으로 우리에게 다가온다.

마가리로 사라진 남자와는 달리, 찰강냉이를 오물거리며 세레스 적재함에 실려가는 아주머니와 정다방 커피를 시켜 마시는 밭가 친구들이 이 고요한 풍경을 거든다. 결국 "친구 몇이 솔모종거리에 모여 장미 담배를 물고 찰강냉이를 물어뜯으며 정다방 정양을 기다린다"는 관찰로 이 소묘는 완성된다. 지금도 지루하게 반복되고 있을 이 시골 풍경의 고요한 지속(duration)의 시간을 묘사의 한순간으로 바꾸어놓은 시인은, 선명한 이미지를 통한 고향 증언을 수행하고 있는 것이다. 이때 우리는 "시인은 어떤 낯선 길 위에서 헤매더라도 언제나 고향에 머물고 있다"는 하이데거의 말을 그가 충족하고 있음을 경험하게 된다.

이렇듯 김남극 시편에서 이효석과 백석의 창의적 교섭과 결속은 가장 확연한 시적 육체를 구성한다. 이는 여타 시인들이 보여주는 선행 시편의 인유(引喩)나 변형에서 찾기 어려운 그만의 독자적 속성일 것이다. 선명한 이미지와 대상을 향한 연민, 성찰의 깊이, 대수롭지 않아 보이는 시적 의장(意匠) 등을 통해 구성되는 그같은 교섭과 결속은, 비록 화자의 정서를 배제한 건조한 풍경을 담고 있다 할지라도, 그 안에 눅눅하게 번져가는 슬픔을 담음으로써, 명백하게 그것이 백석 후예의 것임을 보여준다. 그래서 우리는 '오지의 슬픔'이 김남극 시편 제일의 정서적 권역이라고 말할 수 있게 된다.

바퀴 있는 것들은 슬프다
어디론가 가야 하고
공기압보다 큰 짐을 실어야 하고
집 나서면 헝클어진 길을 찾아야 하니

굴뚝 모퉁이에 낡은 리어카
어둠에 바람이 빠졌다가
햇살로 바람을 바퀴에 빡빡 자아넣고
엉크런 바퀴살에 녹이 저승꽃처럼 피어도
이젠 더 싣고 갈 가계도 없는데
끌고 갈 사람도 없는데
쫓겨나고 싶지 않은
쫓겨나도 갈 곳 없는 천덕꾸러기처럼
오래 엎드려서
가끔 들여다보는 식솔들 뜨뜻한 시선으로 또
빡빡 바퀴에 바람을 잣고 있다

바퀴가 있으나 어디론가 가지 못하는 것들은

더 슬프다

—「바퀴 있는 것은 슬프다」 전문

'바퀴'는 공간이동을 가능케 하는 도구이다. 그래서 '바퀴'는 자유와 떠돎을 동시에 상징한다. 하지만 화자는 "공기압보다 큰 짐을 실어야 하고/집 나서면 헝클어진 길을 찾아야" 하는 바퀴의 슬픔을 노래한다. 하기는 낡은 리어카 바퀴에 바람을 잔뜩 넣어도 "더 싣고 갈 가게"도 "끌고 갈 사람"도 없으니 "바퀴가 있으나 어디론가 가지 못하는 것들"이 바퀴가 없는 것보다 한결 더 슬프지 않을 것인가. 여기서 우리는 이 바퀴의 슬픔 속에, "오래 엎드려" 생이 다할 때까지 속도를 멈춘 채 "뜨뜻한 시선"으로 이 오지 풍경을 바라보아야 하는 화자의 내면이 반영되어 있다고 할 수 있다.

말할 것도 없이, 이러한 오지의 슬픔은 "얼룩이 무늬가 된 약장엔 유통기한을 넘긴 약갑들 낫지 않는 관절염처럼"(「구세약방」) 쌓여 있듯이 오래고 움직이지 못하는 것들로부터 비롯된다. 그래서 김남극 시편의 화자들은 거듭 "머뭇거리며 서성거리며 쌓은 몸속 이 끔찍한 흔적들"(「목줄」)을 뽑아내고 싶어하고 "아편의 혼곤한 힘으로"(「양귀비꽃 피는 집」)라도 오지를 벗어날 믿음을 가져본다. 하지만 그 화자들은 "이 오지의 생활을 패각처럼 뒤집어쓰고 방바닥에 엎드려/양철 지붕에 튕기는 빗소리 듣는"(「잠깐 오는 비」) 생활을 바꾸어 중심으로 진입하는 일이란 "늘/오래도록 쓸쓸"(「대못」)한 일임을 또한 잘 알고 있다. 그래서 시인은 그 '슬픔'이, 가장 근원적인 차원에서 받아들일 수밖에 없는 실존적 조건임을 거듭 노래하는 것이다. 오지에서 비롯되는 이러한 슬픔의 미학, 그것이 김남극의 첫 시집이 우리에게 보여주는 가장 분명한 밑그림이다.

3

원래 '기억'이란, 고고학자의 시선처럼 현재의 지층 속에 화석의 형식으로나 있을 법한 과거 풍경을 재현하면서, 동시에 그때의 한순간을 현재의 시점에서 구성해내는 원리를 뜻한다. 김남극 시편에서 기억을 통한 그러한 재구성을 가능케 해주는 핵심 소재가 바로 '아버지' 인데, 이번 시집에서 가장 견고한 서사적 얼개를 형성하고 있는 것이 바로 '아버지' 를 향한 시인의 정서적 흐름일 것이다. 시인은 작정하고 일련의 시편들을 통해 "오지에서 오래 겨울을 난 아버지"(「겨울밤」)의 신산한 삶과 "그 오랜 빛만 남기고"(「옥양목 한 필」) 가신 아버지의 두툼한 뒷모습을 서사적으로 담아내고 있다.

누구나 걸어다녔던 시절을 살아왔다 구절리에서 여량까지 늑골까지 차는 눈을 차며 걷기도 했고 수하에서 왕산 대기리까지 철쭉꽃 빛깔로 따라오는 처자를 데리고 걷기도 했고 번천에서 하장까지 조팝나무꽃 진 길로 땡볕에 밥이 그리운 처자식을 데리고 걷기도 했고 진부에서 나전까지 벼랑에 단풍처럼 꿈적거리고 타오르는 것들 달래고 쥐어박으며 동면을 준비하러 걷기도 했다

(……)

세 달 땅을 떠난 발
하늘을 쳐다보며
하늘로 가기 전 쌓인 것 모두 돌려주려는지
뒤꿈치가 팽팽하다

힘을 주어 주무른다
탱탱하다
젊은 날 꿈처럼 탱탱해져 저 혼자
산골 집으로 돌아갈 꿈을 꾸고 있다

—「발」 중에서

병상의 아버지에게 "남은 시간"은, 엄지로 눌러 "자국이 낙인으로" 남을 정도로 싸늘하게 부어오른 '발'로 은유되고 있다. 누구나 걸어다녔던 시절을 가졌던 것처럼, 아버지 역시 여러 곳을 걸어오셨다. 그 '발'이 걸어온 흔적은 이제 "발바닥 두께로만" 남아버렸고, 아버지는 조용하고 말갛게 사그라

든 '발'을 석 달째 병상에 두고 계시다. "하늘로 가기 전 쌓인 것 모두 돌려주려는지/뒤꿈치가 팽팽"해진 아버지의 '발'을 바라보면서, 화자는 아버지의 '발'이 "젊은 날 꿈처럼 탱탱해져 저 혼자/산골 집으로 돌아갈 꿈을 꾸고 있다"고 해석한다. 그렇게 아버지는 산골 집으로 돌아가 "소원처럼 선산 산감"(「삼우제」)이 되시었다. 이러한 아버지의 서사를 오랜 시간 속에서 불러내 그 흔적을 "황망한 날들 속에서 꽁꽁 몸 닫아 더 단단해진/그 오랜 물푸레나무 한 묶음"(「마른 물푸레나무 한 묶음」) 속에서 바라보고 있는 시인은, 아버지의 성묫길에서의 가장 신비로운 우주적 상상력 한켠을 경험하게 된다.

봉분 한가운데 쇠말뚝만한 구멍이 하나 나있다

어머니는 아버지가 뱀띠라, 그것도 독사띠라 마사토에 못 살고 나와 돌각담으로 갔을 거라 했고

당숙은 생전에 온 산 다 돌아다니며 산짐승을 잡아댔으니 짐승들이 아버지의 뼈를 파내갔을 거라 했고

철없는 조카는 두더지나 들쥐의 집일 거라며 꼬챙이로 구멍을 들쑤셨다

(……)

윤달이나 한식에 그 구멍을 파보고 메우기로 했는데

몇 달이 지나도 나는 자꾸 그 구멍의 깊이가 궁금해지는 것이다

지구의 어느 중심까지 길이 나 있을 것 같기도 하고

서울 지하철 어느 역까지 이어져 있을 듯도 하고

지금도 계속 그 구멍이 더 깊어지고 있을 듯도 하고

아버지의 근황이 또 궁금하기도 하고

—「그 구멍의 깊이가 궁금하다」 중에서

"죽음이란 늘/오래된 나무 구박이 한순간 실수로 금이 가듯/삼대를 걸친 고추장 단지 손잡이가 한순간에 툭 떨어지듯/맷돌 손잡이가 갑자기 빠지듯/추억의 자장을 휙 벗어나는 것"(「아버지와 소파」)이라고 말한 바 있는 김남극 시의 화자로서는, 추석 성묫길에서 발견하게 된 "봉분 한가운데 쇠말뚝만한 구멍"을 통해 '추억의 자장'을 휙 벗어나 우주적 스케일을 상상하는 것이 무척 자연스럽다. 그 '구멍'을 두고 어머니와 당숙과 조카의 해석이 각양각색이지만, 화자는 그

'구멍'으로 아버지의 영혼이 빠져나와 "위태로운 세상을 맨발로 걷는 자식들과//위험한 세상을 더듬거리며 헤엄쳐야 할 손자들을" 내려다보시는 것이라고 생각한다. 그래서 자꾸 "그 구멍의 깊이"가 궁금해지기 시작한다. 상상컨대, 그 '구멍'을 따라가다보면 "지구의 어느 중심까지 길이 나 있을 것" 같기도 하고, 서울로 이어져 있을 것도 같고, 아니면 지금도 "그 구멍이 더 깊어지고 있을" 것 같았기 때문이다. 그렇다면 그 '구멍'을 통해 '아버지의 발'은 여전히 움직이실 것이 아닌가. 이렇게 '아버지의 근황'이 연쇄적 궁금증으로 이어지고 있는 이 시편은, 아버지를 향한 화자의 각별한 기억의 운동을 보여주면서 아버지에 대한 서사를 완결하는 뜻깊은 사례이다. 이제 그러한 애잔한 마음은 '어머니'를 향하면서, "어머니/부은 발등"(「봄, 뒤란에 앉아」)이나 "마음을 건너 어머니에게로 가는/보풀 이는 수 자국들"(「봄날 · 2」)을 응시하는 힘으로 전이되고 있기도 하다.

이렇게 '아버지'의 생애와 타계 그리고 그 후일담을 둘러싼 서사적 '기억'을 집중적으로 배치한 제2부의 시편들은, 김남극의 시세계를 웅숭깊게 하는 가장 직접적인 물증이 되고 있다고 보인다. 그 경험적 실감으로 하여 그의 시편들은, 이효석이나 백석과의 문학적 교섭과는 전혀 다른, 자신만의 심미적 권역을 완성한 것이다.

4

김남극 시편들은 이렇듯 '오지의 슬픔'이 가지고 있는 기원과 내력을 담고 있지만, 이와는 아주 다른 풍요로운 속성을 여러 가지 내장하고 있다. 이 점에서 그가 '슬픔'의 시인인 것만은 아니다. 가령 그의 시편에는 자연 사물의 활달한 움직임이 여러 차원의 감각적 충실성을 견지하고 나타나곤 한다.

지난 겨울 강가 얼음이 천둥처럼 갈라지던 소리들
연일 내리던 눈발이 뒤란을 서성이던 소리들
솔가지 위 눈덩이 사소한 바람에 쏟아지듯
수화기에서 쏟아지던 자식들 물기 묻은 목소리들
비명 길게 끌며 골짜기 끝을 지나 산으로 치달리던
설해목 쓰러지는 소리들, 그렇게 마른 별처럼 진 노인네들 요령소리

—「봄날 · 1」 중에서

하이데거는 우리에게 말을 걸어오는 존재의 '소리(Stimme)'에 응답하는 것이 시의 임무라고 생각했는데, 김남극 시의 화자가 보여주는 이러한 청각 편향의 존재론은 그의 시편들을 '오지의 활력'으로 이끌어올리는 근원적인 힘이 된다. 나아가 그가 설해목 쓰러지는 "소리의 길이로 겨울의 깊이를"(「겨울밤」) 잰다든지 "햇살도 한 평밖에 몸 닿지 못하는 참나무숲/

새끼손가락만한 연초록 대궁에/솜털이 보송보송한, 까실까실한,/속은 비어 꺾으면 툭 하는 소리"(「첫사랑은 곤드레 같은 것이어서」)를 민감하게 듣고 있다든지 하는 것을 통해, 우리는 그가 존재의 소리에 응답하는 천성의 시인임을 알게 된다. "뒤란에서 이슥하도록 서성거리던 바람이, 수군거리던 봄날 꽤나무꽃이, 소나기에 낙숫물 소리만큼 튀어오르던 마당 흙이, 그 흙에 몸을 버리는 딸기들이/혹 오래된 첫사랑의 숨결이/뒤란에서 나를 불렀던 듯"(「숟가락이 잘 빠지지 않는다」)하다는 그의 고백 역시 이러한 그의 존재론을 충실하게 떠받쳐준다. 그만큼 그는 자연 사물들과 한몸으로 어울려 시를 길어올리고 시를 생각하고 시를 쓴다.

참나무나 박달나무 고로쇠나무에 핀 눈꽃을 보러 산정(山頂)에서 내려온 얼음 기둥을 몇 번이나 어찔하게 건너는 일이나

시큰거리고 떨꺽거리는 무릎까지 차는 응달눈을 산죽 잡고 몸 끌어 휘휘 헤치는 일이나

헉헉 숨을 짐승처럼 토하며 겨우내 달은 속을 게워내는 정상 부근 샘물 둥지에서 언 손으로 물 한 모금 떠먹고 손을 비비는 일이나

구렁이가 천천히 허물 벗고 서울로 빠져나가 흰 껍질만 남은 듯 허허로운 산맥 정상에서 낮에도 잠만 자는 마을을 아련히 내려다보는 일이나

오랜 습관처럼 오랜 슬픔처럼 눈꽃을 손으로 녹여 가지에서 동면하는 꽃눈을 찾는 일처럼

고단한 몸에
고단한 마음

—「겨울 산」 전문

이 시편 안에는 '겨울 산'에서 화자가 치러내는 여러 가지 일들이 나열된다. 그것은 한결같이 "고단한 몸에 / 고단한 마음"이 감당해내야 하는 일들이다. 마치 백석의 유장한 나열형 시편을 연상케 하는 이 시편은, 풍요로운 자연 사물의 세목(細目)을 시적 육체로 하면서, 화자가 겪어내고 있는 상징적인 '일'들을 엮어내고 있다. 그 모든 일은 결국 "오랜 습관처럼 오랜 슬픔처럼" 찾아와 화자의 생애를 감싸고 있다. 여기서 우리는 "참나무나 박달나무 고로쇠나무에 핀 눈꽃을 보러 산정(山頂)에서 내려온 얼음 기둥을 몇 번이나 어찔하게 건너는 일"을 통해 김남극 시편의 자양이 형성되었음을 알게 되고, 나아가 "문고리에 손이 쩍 달라붙는 겨울 아침 / 우물에서 올라온 지구 내부의 숨결을 하얗게 뒤집어 쓴 잣나무를 생

각"(「도랑가 잣나무 생각」)하는 데서 그의 시가 완성되어가고 있음을 알게 된다.

이때 그가 생각하는 "우물에서 올라온 지구 내부의 숨결을 하얗게 뒤집어 쓴 잣나무"는 백석의 「남신의주 유동 박시봉방」에 나오는 "쌀랑쌀랑 소리도 나며 눈을 맞을, / 그 드물다는 굳고 정한 갈매나무라는 나무"를 등가적으로 환기하면서, 비관주의적 체념이라고는 결코 말할 수 없는 삶의 긍정적 결의를 우리에게 전해준다. 김남극 시편이 '슬픔'을 근간으로 하면서도 삶과 사람에 대한 '궁극적 긍정'의 마음을 가지고 있는 세계임을 알게 하는 것이다. "청춘이 하구로 빠져나간 봉평 개울가에 앉아 / 틈과 호흡과 스닥거림과 벅적거림에 대해 생각"(「진이 다 빠졌네」)했던 골똘한 그 모습이, 이러한 힘의 근원이었던 것이다.

우리가 잘 알듯이, 서정시는 시간 자체를 다루는 예술이다. 우리가 살핀 김남극 시편들은 그러한 시간에 대한 시적 경험으로서의 기억과 성찰을 노래한 세계이다. 결국 오지에서 경험하는 시간의 생태학을 드러내는 것이 그의 서정의 원리가 된 셈이다.

사실 김남극 시편은 어느 것을 인용하여도 좋을 만큼 양질의 균질성을 가지고 있다. 이 점은 여러 번 언급해도 좋을 그의 시적 자산이다. 우리가 읽어온 그의 시편들은 '속성'과 '새것'과 '장광설' 세 가지를 거부하고 있다. 그 대신 그는

'오래도록' '낡고' '응축된' 것을 쓰고 또 쓴다. 그 독자적 시학이 그를 우리 시대의 역설적 전위(前衛)로 각인해놓을 것이다. 그 스스로도 "마음을 읽는다는 것은/혼자 돌아가는 먼 집 같은 것"(「제삿날 저녁」)이라고 하지 않았던가.

시인의 말

시는 내게 오는 것인가, 내가 시를 부르는 것인가. 마당가에 우두커니 앉아 저무는 서쪽 하늘 산능선 엉크런 공제선을 건너다보며 하염없이 앉아 시를 기다릴 때, 시는 영영 내게 오지 않는다.

시는 내 몸이 묵은 김치를 퍼낸 단지 같을 때 온다. 헛헛하고 마음이 '한데' 에 나앉은 듯할 때 문득 그 멀건 얼굴을 들이민다. 그러고는 무슨 말을 하는 듯하다가 사라진다. 그 말의 언저리를 잡으려다 쏙 벗어놓고 가버린 껍질을 겨우 잡고 그 속이나 들여다본다. 뭔가 있을 듯하여 그 속을 살피다 희미한 얼룩을 보고 나면 시가 다녀가신다.

그래서 내가 쓴 시는 늘 헛다리짚기 같고, 나오는 것 없는 감자밭 고랑을 물집이 잡히도록 호미로 파 뒤지는 일 같고, 사마귀 강냉이를 따다 껍질을 벗기는 일처럼 허망하기

그지없다. 그 허망함이 나를 여기까지 끌고 온지도 모를 일이다.

궁벽한 산골에서 세상에 몇 마디 말도 못 걸고 살아서 그런지 나는 늘 주눅들고 어설프고 무식하기 짝이 없다. 서울 가까이만 가도 걸음이 빨라지고 자꾸 두리번거리고 가슴이 두근거리고 귀가 멍하고 방향을 잡지 못해 자주 멈춰 서서 해의 위치와 시계를 봐야 한다. 한 이틀 서울에서 자고 나면 몸에서 쇳소리가 나는 듯하여 좀도적처럼 짐을 꾸려 새벽 어스름 속에서 차를 타거나 심야버스를 탈 수밖에 없다.

그래서 내 시에는 세상에 대한 두려움이나 서울에 대한 증오가 없다. 그 속에 들어간 적이 없으니 그 속을 모를 뿐이다. 내 시에는 섶을 따라올라가 줄기 끝마다 상원사 동종 닮은 꽃을 해마다 다는 더덕이 숨어 있고, 간격을 잘 맞추어 심어 그 꽃이 순한 도라지밭이 있고, 청양고추가 삼열로 늘어서 보는 사람 속을 확 달굴 준비에 여념이 없는 앞마당이 있다. 종균을 넣은 지 몇 년 지난지 모르나 거북 등 같은 표고버섯을 은밀히 내미는 표고목이 '가려'져 있고, 반쪽만 붉어도 맛은 일정한 꽤가 조롱조롱 매달린 꽤나무가 있고, 통째 붉어 가을 햇살 속에서 몸 달아 어쩔 줄 모르는 꽃사과나무가 있고, 그 옆으로 저승꽃 같은 무늬가 가득해 아무도 손대지 않는 개살구나무가 지키는 뒷마당이 있다. 그 마당가엔 바람에 혼자 몸으로 우는 함석 울타리가 있고, 그 너머로 오래돼도 너무 오래된 어르신들이 지난다. 그들이 들여다보는 집이 내가 산 시의 집이고 내가 지은 시의 집이다.

나는 이 집을 나서 전나무골 산죽밭을 헤치며 두릅을 따기도 하고, 양구두미재 너머 태기산으로 참나물이나 곰취를 뜯으러 가기도 하고, 운두령 서쪽 회령봉으로 누리대나 곤드레를 뜯으러 가기도 하면서 내가 지은 집의 방위를 재어보고 그 향기의 영역을 가늠해보기도 한다.

나는 또 그 집을 나서 덕거리 개울에 나가 바닥에 잘 붙은 돌을 들춰 '탱바리, 수수미꾸라지, 깔딱메기, 청버들치' 를 잡으며, 내가 지은 집 주춧돌을 들췄다가 새로 놓기를 반복하기도 한다.

가끔 나는 아버지 산소가 있는 선산에서 가지 끝에 궁전을 매단 듯한 잣나무에 올라가 지게작대기로 잣을 따기도 하고, 돌배나무에 올라가 천상의 열매를 닮은 잘 익은 돌배를 발로 가지를 툭툭 차 떨기도 하면서 내가 지은 집이 잘 여물기를 빌기도 한다.

그렇게 재어보고 들춰보고 다시 놓아보는 속에 내 시가 있다고 감히 말하고 나니 내가 무슨 생태주의자나 한세상 다 산 관록을 가진 노인네이거나 아니면 은일거사(隱逸居士) 같지만 나의 시의 집은 그리 거창하지 못하다. 가제도구를 꺼내놓고 들여다보면 내 집은 여전히 오막살이이고 여전히 기둥과 도리가 기울어 귀퉁이가 안 맞고 여전히 비가 샐 뿐이다. 수리 불가능한 집이 내 집인데, 버릴 수도 없으니 사는 수밖에 없질 않은가.

집은 조금씩 기울어가고 나는 계속 살아야 하는데, 나를 끌고 가는 이 누구신가, 시인가, 아닌가. 그게 아직도 궁금해서 나는 이 집을 못 떠나고 있는가.

김남극
1968년 강원도 봉평에서 태어났다. 2003년 계간 『유심』 신인문학상을 수상하며 작품활동을 시작했다.

하룻밤 돌배나무 아래서 잤다

1판 1쇄 | 2008년 1월 16일
1판 2쇄 | 2011년 3월 14일

지은이 김남극
펴낸이 강병선
책임편집 조연주 권윤진 | 디자인 윤종윤 유현아
마케팅 신정민 서유경 정소영 강병주 | 온라인 마케팅 이상혁 한민아 정진아
제작 안정숙 서동관 김애진 | 제작처 한영문화사(인쇄) 우진제책(제본)

펴낸곳 (주)문학동네
출판등록 1993년 10월 22일 제406-2003-000045호
주소 413-756 경기도 파주시 교하읍 문발리 파주출판도시 513-8
전자우편 editor@munhak.com | 대표전화 031)955-8888 | 팩스 031)955-8855
문의전화 031) 955-8890(마케팅) 031) 955-8864(편집)
문학동네카페 http://cafe.naver.com/mhdn

ISBN 978-89-546-0491-8 03810

* 이 책은 한국문화예술위원회의 문예진흥기금을 받아 출간되었습니다.
* 이 도서의 국립중앙도서관 출판시도서목록(CIP)은
e-CIP 홈페이지(http://www.nl.go.kr/cip.php)에서 이용하실 수 있습니다.
(CIP제어번호: CIP2007004159)

www.munhak.com

문학동네 시집

김남주 옛 마을을 지나며
김영현 남해엽서
박 철 새의 全部
하종오 쥐똥나무 울타리
김형수 빗방울에 대한 추억
서 림 伊西國으로 들어가다
염명순 꿈을 불어로 꾼 날은 슬프다
이동순 꿈에 오신 그대
안찬수 아름다운 지옥
박주택 방랑은 얼마나 아픈 휴식인가
신동호 저물 무렵
손진은 눈먼 새를 다른 세상으로 풀어놓다
유강희 불태운 시집
최영철 야성은 빛나다
문복주 우주로의 초대
권오표 여수일지(麗水日誌)
하종오 사물의 운명
주종환 어느 도시 거주자의 몰락
오세영 아메리카 시편
이윤학 나를 위해 울어주는 버드나무
이재무 시간의 그물
윤 효 게임 테이블
고재종 앞강도 야위는 이 그리움
이명찬 아주 오래된 동네
정우영 마른 것들은 제 속으로 젖는다
함명춘 빛을 찾아나선 나뭇가지
심호택 미주리의 봄
하종오 님
김시천 마침내 그리운 하늘에 별이 될 때까지
이산하 천둥 같은 그리움으로
서동욱 랭보가 시쓰기를 그만둔 날
마종하 활주로가 있는 밤
김명리 적멸의 즐거움
김익두 서릿길
박이도 을숙도에 가면 보금자리가 있을까
정영선 장미라는 이름의 돌멩이를 가지고 있다
윤희상 고인돌과 함께 놀았다
최갑수 단 한 번의 사랑
이윤림 생일
양정자 가장 쓸쓸한 일
박 찬 먼지 속 이슬
서 림 세상의 가시를 더듬다
윤의섭 천국의 난민
박 철 영진설비 돈 갖다 주기
김철식 내 기억의 청동숲
박몽구 개리 카를 들으며
김영무 가상현실
양선희 그 인연에 울다
조창환 피보다 붉은 오후
김영남 모슬포 사랑
윤제림 사랑을 놓치다
강연호 세상의 모든 뿌리는 젖어 있다
한영옥 비천한 빠름이여
이희중 참 오래 쓴 가위
이순현 내 몸이 유적이다